ÉPITRES

A

MON CORDONNIER;

Par M. Pierre-François Boulerot.

A MADAME,

Mme LA DUCHESSE DE...,

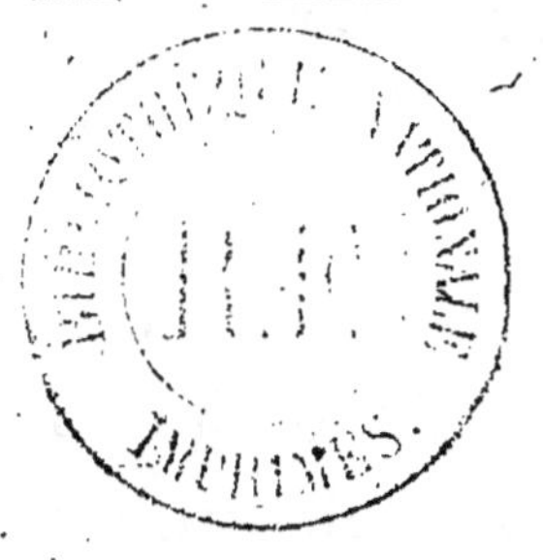

Madame,

Je me rends avec respect à l'invitation que vous me faites, en vous adreſſant les Epîtres à mon Cordonnier, & le détail du ſujet qui y a donné lieu.

Le premier Avril dernier, dans une maiſon où j'étais à Verſailles, arrive un Cordonnier de Putaux, près Neuilly, nommé Flamand, qu'on n'aurait pas oſé

A

prendre avec des pincettes : cet homme, en larmoyant, mâchonnait du flamand francifé fur le ton des Lamentations de Jérémie, & paroiffait défolé. Je compris, avec bien du travail, qu'il fe plaignait que perfonne ne le payait de fes ouvrages ; qu'il avait femme & enfans à nourrir, fon terme à payer, de trente livres, & point d'argent ; ce qui le défefpérait.

Lui ayant demandé le prix de fes fouliers, & m'ayant dit qu'il les vendait cent fols, je lui dis : prenez ma mefure ; faites-m'en fix paires : voilà dix écus. Jamais, MADAME, un Procureur, à la vue d'un orphelin qu'il a ruiné, ne montra autant de joie que Flamand reffentit de plaifir en palpant cet argent. Il me promet lefdits fouliers pour huit jours ; je lui donne un mois : au bout de deux, je lui écris deux Lettres ; point de réponfe. Je me fuis amufé par les fuivantes, & l'ai fait affigner par le fieur

Thevenin, Huiſſier de la Prévôté, & il a fait remettre les ſouliers chez moi en mon abſence.

Les Huiſſiers & les Procureurs qui connoiſſent leur conſcience, ne me font pas leur cour.

Il y a quelques jours que j'en rencontrai deux qui me firent des yeux! Ah! des yeux! & une grimace à faire reculer une proceſſion. Je fis ſur-le-champ le ſigne du Chrétien, la ſeule arme avec laquelle je me garantis de ces Meſſieurs.

Je ſuis, avec le plus profond reſpect,

MADAME LA DUCHESSE,

Votre très-humble & très-Serviteur,

BOULEROT.

Verſailles, le 6 Mars 1789.

TROISIÈME LETTRE.

Verſailles, 12 Juin.

VOULEZ - VOUS, ou ne voulez - vous abſolument pas, mon cher Cordonnier, m'envoyer mes ſouliers ? Vous deviez me les apporter il y a deux mois : vous ſavez même qu'avant cette époque, j'oſai prendre la liberté de vous les PAYER D'AVANCE. Vous devez avoir jugé, par les deux Lettres que je me ſuis permis de vous adreſſer à ce ſujet, que j'étais ſingulièrement fatigué de cette attente.

Daignez donc, s'il vous plaît, vous laiſſer toucher par cette troiſième, & m'honorer au moins d'un OUI ou d'un NON : alors, ſuivant votre Réponſe, je ferai ou ne ferai pas une invocation à qui de droit pour les obtenir. J'attendrai encore quatre jours .... Adieu. Croyez-moi bien ſincèrement, très - cher Fla-

la plus impatientée de vos pratiques.

B o u l e r o t.

Le 16 Juin. Point de Réponfe.

Le 17.

Il faut néceffairement, très-charmant Flàmand, que quelque Diable métamorphofé vous occupe bien férieufement! Comment! depuis plus de deux mois que je fais des efforts furnaturels pour vous émouvoir, je ne puis parvenir à vous ouvrir ni la mâchoire ni les mains! Il faut convenir que je joue d'un grand malheur ! Il y a quelque chofe là-deffous, qu'il faut découvrir.

Serait-ce que, fans le favoir, j'aurais manqué de déférence & de refpect dans mes Lettres, ou de concordance dans mes phrafes ? (car vous êtes fin fur cet article). Je ne le crois cependant pas : je vous connais d'ailleurs trop bon pour chicaner fur quelques négligences de ftyle.

A 3

Seriez-vous malade ? Je le crois encore moins : il ne faut que vous voir & vous entendre, pour être convaincu que vous vivrez une longue fuite d'années bien portant, parce que vous êtes tout neuf.

J'ai beau chercher ; je me perds.... Je crois, ma foi, que j'y fuis.... Ah! je devine à la fin.

L'emploi du ftyle & des expreffions vulgaires vous choque l'oreille, n'eft-ce pas ? J'entends : pour vous faire entendre à votre tour, répondre & agir, il faut vous parler le langage des Dieux! Fort bien. A ces douces paroles vous vous déridez ; je vous vois faire un mouvement convulfif des lèvres, en retirant les coins de votre bouche du côté des oreilles ; ce qui m'annonce un agréable fouris, furmonté d'un petit gefte de tête qui complette le figne approbatif. Un inftant, s'il vous plaît : je vais me brodequiner, & grimper au fommet du mont Parnaffe pour fatisfaire à votre exigence. Là, fi les Dieux me font rétifs, le bras nud; le poignard à la main, je les rendrai victimes de ma fureur: nul n'échappera; Apollon, les neuf Sœurs & Pégafe lui-même, tout enfin fera facrifié à ma jufte vengeance. L'Hippocrène, métamorphofée en fang bouillant, inftruira les races futures de mon jufte courroux, & du grave fujet qui en eft la caufe.

Je vais m'effayer.

Maudit Réparateur de la chauffure humaine,
Dis moi, quand voudras-tu, trifte objet de ma
  haîne,
Rendre à mes deux foutiens l'enveloppe ufitée?
Faut-il, pour les ravoir, fommer l'autorité?
Veux-tu donc m'expofer, fuppôt de la manique,
A devenir podagre, & qu'une fciatique
Sur mes nerfs vigoureux établiffe fon cours,
Et que dans les douleurs je termine mes jours?
Serait-ce ton deffein? . . . . Je frémis quand j'y
  penfe!
Ne t'ai-je pas, cruel, toujours payé d'avance?

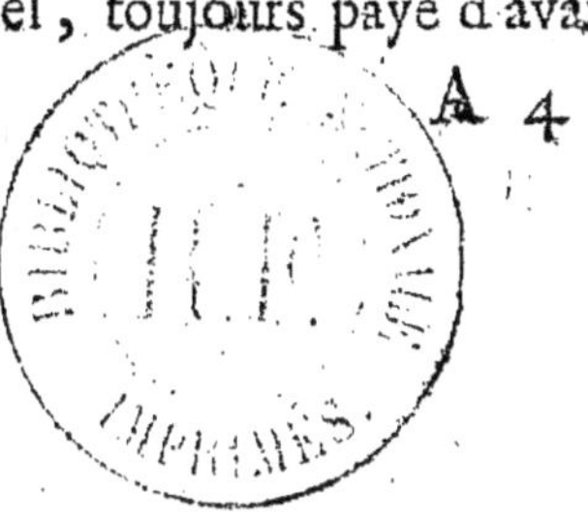

Et pour prix de mes foins, depuis deux mois
    entiers,
Ingrat, tu me retiens fix paires de fouliers!

Comment dois-je venger cet attentat énorme?
Monftre, de ton état tu négliges la forme:
Imite ton Patron, que l'on vit autrefois,
Malgré fon tire-pied, civil, humain, courtois,
Allant de bourg en bourg, & chauffant la canaille,
Buvant chaud, mangeant froid, & couchant fur
    la paille;
De la fellette enfin jamais ne defcendit,
Et les trois quarts du temps travaillant à crédit.

Cela ne t'émeut point, Sapater intraitable!
Des enfans de Crépin le plus indécrottable!
Tu ris de ma douleur; tu ris de mon tourment:
Je vais fommer les Dieux d'un jufte châtiment.

Déeffes des enfers, implacables Furies,
Daignez punir le crime & les effronteries
Du traître qui me berne & brave mon courroux;
Faites-le, je vous prie, expirer fous vos coups.
Ou bien qu'à l'avenir, chauffant des Meffalines,
Il ne touche qu'aux pieds des plus vaftes gredines;
Qui, fans ceffe arrofés de ce qu'on ne dit pas,
Embrène à chaque inftant fes mains & fon compas;

Qu'il respire à longs traits leurs suaves matières.
Enfin, Furies, enfin, pour finir mes prières,
Faites que cet objet, que cet Etre infecté,
Puisse servir d'exemple à la postérité.

Bon jour, Flamand.

Le 20 Juin. Point de Réponse.

* * *

Le 21.

O divin Flamand ! il est donc écrit dans l'ordre des destins de la Crépinade, que je ne pourrai rien obtenir de votre propre bouche, ni de vos propres mains ? Cela est bien douloureux pour moi, qui comptais établir avec vous une correspondance littéraire sur la matière (de votre état), après toutefois avoir obtenu mes chers souliers. Quelle douleur ! Je me vois impitoyablement frustré de l'un & de l'autre par le plus opiniâtre des silences.

O brillant Flamand ! laissez-vous toucher ! Accordez-moi en grace au moins ma dernière demande. Il y a près de trois mois que je vous en supplie au nom des Dieux ; & vous ne répondez rien !... Vous êtes donc inexorable ?....Eh bien! au nom de toutes les Furies du Tartare ; au nom de Proserpine & de Pluton ; au nom de tous les Monstres du Styx & du Phlégéton, archi-divin Flamand, rapportez-moi mes chauffures.... Silence encore !.... Votre très-chère mère vous a donc frotté de baume tranquille ?.... Pas le mot !.... Oh ! ma foi, il n'y a plus moyen d'y tenir.

Vous voulez donc absolument, ô Cordonnier ! que je fasse retentir les voûtes de Thémis de votre nom sonore ? Vous le desirez ; je le vois. Je me rends.

Convenez que je chatouille agréablement la délicatesse de vos sens. Il vous semble déjà voir l'œil de cette Fille du Ciel & de la Terre répandre un éclat radieux à votre aspect. Vous vous contemplez déjà tout brillant de gloire, semblable au foyer d'Archimède, répercuter ces éclatans rayons sur les Ministres de cette

Déeſſe.... C'eſt votre dernier mot?....
J'y ſouſcris ; épuiſez ma complaiſance :
vous ſerez ſatisfait. Mais auparavant vous
me permettrez d'aller vous dire :

Intraitable ennemi qui chauſſes les humains,
Je viens pour dégager mes ſouliers de tes mains.
J'ai ſatisfait à tout ; tu ne peux contredire.
T'ayant payé comptant, tu n'as plus rien à dire.

Crépin, tiens ta parole ; ils ne ſont plus à toi,
Et l'honneur te preſcrit de les porter chez moi :
Sans quoi des Dieux vengeurs la foudre toute prête,
Va d'un monſtrueux bois orner ta lourde tête.
Ton effroyable chef menacera les Cieux,
Et tu feras frémir tes arrière-neveux.
Imprimant ſur leur front une éternelle honte,
Ils entendront lâcher cent brocards ſur leur compte.
Ils auront beau s'armer d'aléne & de tranchet,
Et ſe purifier dans le ſacré baquet :
Si tu n'adoucis pas l'humeur de ta pratique,
Et ne rétablis pas l'honneur de la manique,
L'on cornera par-tout : les enfans de Crépin
Ont le cœur & l'eſprit doublé de maroquin.

Bon ſoir, Flamand.

Le 24. Point de Réponſe.

Il eſt donc décidé, très-ſilencieux Flamand, que vous êtes inébranlable? Quelle conſtance! Elle tient, en vérité, du merveilleux. Je vois bien qu'il ne me reſte plus d'autre parti à prendre que de vous en féliciter : en ce cas, recevez mon compliment : puiſque cela vous amuſe, je vais me mettre à l'uniſſon. Mais avant que d'en venir là, permettez-moi, s'il vous plaît, de reprendre un moment mon ton grave; le tout pour vos intérêts.

Je ſuis inſtruit que vous voulez plaider, parce que, par un coup du Ciel, il vous eſt, dites-vous, tombé ſous la main un honnête Procureur (1) qui veut défendre & gagner votre illuſtre Cauſe. Vous me l'avez fait connaître. Je vous parlerai de lui.

Quant à moi, je n'en prendrai point; je ne m'y frotterai pas : mal-peſte! chat

---

(1) Flamand eſt né coëffé. Il n'était réſervé qu'à lui de faire cette découverte.

échaudé craint l'eau froide. Je plaiderai
moi-même; oui, Flamand, moi même;
j'en fuis sûr, car mon Huiffier m'en a
donné la permiffion. Mais, encore une
fois, avant de nous vautrer dans la
chicane, je vous préviens que vous m'y
traînez malgré moi, & que je fuis obligé,
en bonne confcience, de vous donner un
confeil d'ami. Lifez & réfléchiffez.

Tu veux plaider? Plaidons: mais avant de le faire,
Reçois de moi, Flamand, un avis falutaire.

Je veux tout employer pour te tirer d'erreur.
Je connaîs ton honnête & brave Procureur,
Vilipendé par-tout pour fes cafarderies;
Sufpendu quelque jour pour fes friponneries;
Toujours prévaricant avec impunité,
Et pour argent comptant trahit la vérité.

Il eft homme de l'art, dit-il; & par avance
Te cautionne un gain fait par fa confcience.
Sais-tu ce qu'il entend par ce terme de l'art?
C'eft de châtrer Domat, & tronquer Denifart;
Méprifer de Thémis le glaive & la balance;
Par des piéges adroits enferrer l'Innocence;
Surprendre des cliens par fa fauffe candeur;

Dénaturer les loix fans honte & fans pudeur;
Suborner des témoins, s'il lui faut une preuve;
Poignarder joliment l'orphelin & la veuve;
Vendre fa plume infâme au plus enchériffant,
Et du plus tendre agneau faire un loup raviffant.

Voler publiquement eft-il un plus grand crime?
Non: mais des Procureurs c'eft le nobiliffime.

Quand appellera-t-on au Tribunal des Rois,
Contre ces forcenés, ces infracteurs des loix?
Quand enfin verrons-nous Notre-Dame Juftice,
Les faire figurer dans un feu d'artifice,
Compofé de fagots, bien faits, bien embrafés,
Pour les purifier des maux qu'ils ont caufés!

Eft-ce à tort qu'on s'en plaint? Va feuiller dans
        l'Hiftoire;
Mille Auteurs l'ont écrit: dans certain répertoire,
Boileau ne nomme rien, fi ce n'eft par fon nom,
Dit: un chat eft un chat, Nourriffet un fripon;
Mais un fripon falé, dont l'inique jactance,
Fait pleurer & gémir la timide Innocence.

Un Procureur m'effraye: auffi-tôt que j'en vois,
Mon premier mouvement eft un figne de croix.
Ne crois pas, cher Crépin, que ce foit une fable;
Antoine, en fon défert, chaffait ainfi le Diable.

Après moi, de ceux-ci j'aurais un million,
Qu'ils feraient balayés montrant un goupillon.
Mais pour ton Procureur ! C'eſt bien une autre
    peſte ;
Ne lâcheroit le pied qu'en arrachant ton reſte :
Il dévorerait tout, juſqu'au dernier chauſſon.
Je te préviens à temps : uſe de ma leçon.

Crains Huiſſiers, Procureurs ; cette engeance mau-
    dite
Livrerait à l'encan ton lit & ta marmite :
Ils iraient t'étouffer, ſois-en bien convaincu,
Si ton dernier ſoupir leur valait un écu.

Tu ne m'écoutes pas, & tu branles la tête !
Eh bien ! à te pourſuivre à l'inſtant je m'apprête :
Rien ne peut retenir mon trop juſte courroux ;
Sans pitié je te livre aux tolérés filoux.
Tout eſt dit ; ce moment commence ton ſupplice.
Je te lâche, Flamand, aux mains de la Juſtice.

A revoir, Flamand.

Le 30. Point de Réponſe.

Aſſigné le premier Juillet devant le
Juge de Ruel par Me Thevenin, Huiſſier
de la Prévôté.

Je plaiderai ma Caufe pour caufe.

N°. 1. Mémoire intéreffant pour cette Caufe intéreffante.

N°. 2. Portrait de ces Meffieurs, dans lequel ces Meffieurs s'amuferont beau-coup.